ANDRÉ IBELS

# les chansons colorées

VERS

*Couverture lithographiée de H.-G. IBELS*

PARIS
*BIBLIOTHÈQUE DE LA PLUME*
31, rue Bonaparte

1894

EN PRÉPARATION :

*Les Cités Futures.*

ANDRÉ IBELS

# Les Chansons Colorées

*POÉSIES*

PARIS
*BIBLIOTHÈQUE DE LA PLUME*
31, rue Bonaparte

1894

IL A ÉTÉ TIRÉ DES CHANSONS COLORÉES :

*325 exemplaires numérotés sur papier simili-hollande et 25 ex. numérotés et signés sur Japon impérial.*

IL A ÉTÉ TIRÉ DE LA COUVERTURE :

*38 épreuves avant la lettre, grand format, en vente chez Kleinmann, 8, rue de la Victoire, Paris.*

## Chansons colorées

pour

## Emmanuel Signoret

*Vous qu'un splendide effort a soulevé des Terres*
*Bruyantes, où le Monde éparpille son Mal ;*
*Vous dont la Voix ardente a crevé le Mystère*
*Qui se cachait au sein du grand Soir sidéral :*

*Je vous veux couronner de pampres et de palmes !*
*Je veux que les Hardis vous saluent en Héros*
*Au seuil éblouissant des blondes Cités calmes,*
*Où se tient la Chimère ailée au long Repos.*

*Au fronton d'Avenir j'incrusterai les Noms*
*Des Cœurs qui sont en Moi frappés en effigie,*
*En dussé-je bâtir de nouveaux Parthenons*
*Et faire de limons une Œuvre de magie.*

*Vous sonnerez longtemps des trompettes d'argent,*
*Et l'Echo s'entendra dans les Siècles d'Aurore*
*Dans le Resplendissement Futur, émergeant*
*Des couchants apeurés que l'on se remémore.*

*J'écrirai vos regards contempteurs des Oublis,*
*Pour que Votre Mémoire — égarée et sublime —*
*D'Astres vierges chargeant les Horizons pâlis*
*En geste harmonieux suscite un vol de Cîmes.*

*ANDRÉ IBELS*
(Vers d'airain)

# CHANSON BLANCHE

## Colloque sentimental

*L'Urne du soir mêlait ses parfums aux Étoiles.*
(Les Cités futures) ANDRÉ IBELS.

*Vierge, il ne fait pas froid dans l'église du Rêve.*
E. SIGNORET.

*A Ida Ibels, artistique hommage.*

I

L'Ephèbe :

'ai cherché des Mots Blancs, des Mots charmeurs de Vierge,
Pour chanter les splendeurs de ton Cœur ingénu ;
Je t'ai fait, dans mon Ame, une châsse de cierges
Et tu me dédaignas... et tu m'as méconnu !

J'ai semé ma douleur sous les humus des arbres,
J'ai déchiré mes doigts aux roses du Désir,
J'ai rôdé, bien longtemps sous tes balcons de marbre
En quête d'un regard que j'aurais pu saisir...

Et voulant t'oublier, Vierge, parmi les Femmes,
Je hantais les beautés faciles des Oublis.
Depuis, j'ai récolté tous mes lambeaux infâmes
Et mon culte, à présent, a des blancheurs de lys.

J'aimais ta chaste allure et ton geste si mièvre ;
Je fredonnais ton nom comme un de ces vieux airs
Qu'on n'a jamais appris et qu'on a sur la lèvre,
Un de ces mots errants, familiers, bons et clairs.

....Tu prendras les chemins sacrés où vont les Saintes,
— Les Croix tendent leurs bras vers les Êtres trop purs —
Et, sous le voile blanc, ta tête sera ceinte
Des auréoles d'or du Royaume d'Azur.

***

Mais ta parole a des sons doux comme des Harpes ;
Ton Cœur magique frappe au cœur presque défunt ;
L'Ame des Blancs Revoirs flotte dans ton écharpe
Et je respire un air où vaguent ses parfums

Viens ! monte un Golgotha semé de fleurs rieuses !
Tu cueilleras aux Champs de mes vastes pardons.
Nous cinglerons demain, vers des Iles joyeuses,
Des Carthage d'Amour, ô royale Didon !

Viens ! en des psaumes lents, nous scanderons nos joies ;
Nos yeux reflèteront un éternel Eté.
Et sous des aubes d'or où les soleils rougeoient,
Je humerai ton Etre en sa toute beauté.

## II

Dans le ciel aux sillons d'azur
Où germent les Chansons d'amantes,
Mon Idée, au vol toujours sûr,
Faucherait malgré les tourmentes !

Revenant des Horizons bleus,
J'accrocherais dans tes étoffes
La moisson des airs nébuleux,
Des bagues... des colliers de strophes.

Puis, quittant ta caresse au souffle ensorceleur,
Je prendrais ma Chimère au licol, et, farouche,
J'irais chercher au Ciel des miettes de Bonheur
Que je te sèmerais en baisers sur la Bouche.

Au balcon des Eternités
Où flamboie un feston de gloire,
Moi, je graverais tes beautés
Pour les fixer dans les mémoires.

Et nargue ! aux Noirs Ennuis qui hantent nos cerveaux ;
Je serais l'Amant, fier des nobles chevauchées,
Et je pourrais glaner les poèmes nouveaux
Dont nos deux Ames sont jonchées.

LA VIERGE :

Tu me disais : « *L'Eté se souviendra de Toi !* »
Lors, je reviens, portant dans mes mains des troènes,
Et mon Cœur altéré voudrait boire ta Voix :
Comme un saule s'abreuve en de claires fontaines.

Et jalouse des Vents qui caressent ton front,
Je t'apporte le Ciel en mes parfums étranges ;
Viens ! vers le Bois sacré des Oiseaux nous irons,
Les Colombes nous prêteront leurs ailes d'Anges.

Viens ! avant que la Nuit ceigne son torse pur
Ennuyé d'Astres lourds, de brumes et de voiles :
Le Roi Soleil descend de son Château d'Azur,
Le Soir va se draper dans son manteau d'Etoiles.

L'EPHÈBE :

— Vierge, j'enchâsserai dans mes vers de velours,
Des Mots de soie et d'or tissés au clair de Lune.
J'aurai les Rhythmes lents — qui ne berçaient Aucune —
Harmonisant l'accord de mon clavier d'amour.

Et je te parerai de mon ardent Poème,
Afin que ta Beauté s'exhale de mes vers.
Tu mires en tes yeux la blancheur des Hivers
Ton front royal met la Jeunesse en diadème.

O les Mots infléchis voltigeant sur tes lèvres,
Moi je les cueillerai dans un baiser rôdeur,
Un baiser sans musique et vêtu de candeur,
Un baiser au parfum de tendresse très mièvre.

J'enfermerai mon Vœu dans la Strophe d'airain,
J'irai — te le portant sur des coussins de Reine, —
Et j'aurai dans mes mains tes virginaux troënes :
Etant de ton Cœur Blanc l'amoureux Pèlerin.

# CHANSONS ROSES

## I

### Chanson Charnelle

*Ohé ! les Races latines, ohé ! ohé !*
J. PÉLADAN.

*Le sang de l'Ange blanc luisait sur mes deux mains.*
A. RETTÉ.

*Pour Paul d'Espagnat.*

Ne trouvant plus de joie aux splendeurs de sa chair,
N'ayant plus le baiser qui fait saigner la bouche,
La Reine, aux seins de marbre, aux étreintes de fer,
La Tueuse, aux fureurs hystériques d'enfer,
Chassa les Favoris et leur ferma sa couche.

Et, seule, elle évoqua, par les soirs importuns,
Les extases d'un temps reculé par les Ages
Et fleurit son Esprit de Souvenirs défunts,
Cueillis dans la Luxure, aux vicieux parfums,
Parmi les vastes parcs de ses amours volages.

Pour calmer la vigueur brûlante de ses sangs,
Elle prit des garçons, jeunes comme les Rêves,
Des phtysiques cireux et des mâles puissants ;
Nul ne tira, des sens royaux, les chauds accents
De ce Passé lointain brodé d'Heures trop brèves.

Incube par plaisir, elle lassa son corps
Par les attouchements malsains et sacrilèges !
On mit devant son lit d'érotiques décors ;
Mais ses expertes mains ne tiraient plus d'accords
Et les râles nerveux étaient ses seuls solfèges.

En vain, sous ses balcons, les Amants éperdus
Lançaient vers l'Astre blanc un rugissement fauve ;
En vain, ils se roulaient par les désirs mordus ;
En vain, ils imploraient, crispant leurs bras tordus,
La Reine, sourde à Tous, gardait, close, l'alcôve.

Or, la Hantise, un soir, apparut dans les traits
D'une Vierge figée en un vitrail gothique,
De l'Androgyne chaste aux attirants secrets,
D'un éphèbe très blond, névrosé, plein d'attraits,
Dont les yeux pers avaient une flamme mystique.

La Reine fit venir ses Hommes d'autrefois
Et promit une nuit d'ivresse partagée
A quiconque d'entr'eux trouverait, à la fois,
La Fille frêle et pâle aux baisers dans la voix :
Celle, enfin, qui hantait son âme ravagée.

Les hordes des Amants, vers les pays lointains,
Partirent pour chercher la Fillette ingénue,
A la Virginité blanche, au sexe incertain,
Blonde comme un soleil perdu dans le matin !
— Toute femme en chemin vue, était mise nue.

On fouilla les Couvents où pleurent les Jésus ;
Les Nonnes se sauvaient par bandes épeurées,
Rougissant au contact de ces mâles trapus ;
Et les Amants violaient tous les Enfants Elus...
Et l'on viola l'Ephèbe aux langueurs ignorées !

II

On mit sur ses cheveux des essences de fleurs,
On lava la Souillée avec du lait d'ânesse ;
Point de fard ! Elle n'eut que ses mièvres couleurs....
Puis attendit la Reine aux faunesques chaleurs,
Pour lutter, croupe à croupe, au champ de la Caresse.

ELLE... connaîtrait donc les rhythmes inconnus
Des lentes pâmoisons enivrantes des fièvres,
Les aiguillons des seins vrillant ses seins charnus,
L'écrasement d'un corps vibrant dans ses bras nus
Et ses lèvres mordant dans l'I grec — d'autres lèvres !

.....................................................
.....................................................

Lors, retrouvant la Joie aux splendeurs de sa chair,
Retrouvant le baiser qui fait saigner la bouche,
La Reine, aux seins de marbre, aux étreintes de fer,
La Tueuse, aux fureurs hystériques d'enfer,
Roula, morte et pâmée, en un-spasme farouche....

## II

## Chanson-Watteau

*Pour M. Edmond Duval.*

Sur des gazons toujours très verts,
Horizonnés d'un ciel de jade,
Nous placerons nos deux couverts
Sur la serviette d'un blanc fade.

Allant à rebrousse chemin,
Là, nous invoquerons la Fée
Du Lieu qui, — pouvoir surhumain —
Fera revivre sa Nymphée.

Et, tout en sablant le Cliquot,
Nous causerons avec un Faune...
Tu verras le coquelicot
En rougir avec la fleur jaune.

Ou, non ! Pensive, l'écoutant,
Songeant tout bas, prise de crainte,
Que nous en avons fait autant,
Tu resserreras ton étreinte...

Lors, riant du blanc Polisson
Qui rit dans sa barbe de chèvre,
Nous lui ferons voir la leçon
Pratique des baisers des lèvres.

Dans ce décor à la Watteau
Nous verrons, à travers les arbres :
Dans les étangs, des taches d'eau ;
Dans le Ciel, des profils de marbres.

Pour un instant je serai Duc
Pomponné, tout frais et tout rose ;
Toi, l'Epouse d'un vieux caduc
— Poésie au joug de la Prose. —

Nous aurons, dessus nos cheveux,
Une poudre rare et très blanche ;
Et mes lèvres pleines d'aveux
Baiseront votre col qui penche.

Nous parlerons de Beaumarchais,
De la Clairon et d'étiquette,
Menuet, — lettres de cachet...
Et nous jouerons à la raquette.

Nous dirons : *feste* et puis : j'*avois* ;
Mais très mièvrement le « je t'aime ».
Il est si doux dans votre voix
Qu'en Chine on le comprendrait même.

Ou bien, comme aux temps fabuleux
Vous serez ma gente bergère
Avec houlette à rubans bleus
— Telle un bibelot d'étagère.

Nos moutons auront des faveurs,
Des grelots qui tintinnabulent ;
Leurs toisons pleines de senteurs,
Dans le vent s'en iront par bulles,

Moi, le brin d'ajonc au chapeau,
Flirtant avec vous cette idylle,
Aidé d'un rustique pipeau,
Je roucoulerai du Virgile.

## III

## Chanson de la Chimère

*Ses yeux sont radieux d'avoir lu les Etoiles,*
*Et sombres, d'avoir lu les Hommes d'Aujourd'hui.*
MICHELET.

*Pour Maurice Beaubourg.*

SCELLANT l'ardente Vie en votre âme royale,
Un ruissellement fauve avive vos yeux clairs.
Et vous prenez aux Fleurs d'Etoiles, leurs pétales,
Puis, vous épouvantez les Horizons d'éclairs

J'ai sondé dans Vos Yeux, l'impalpable Chimère !

J'immobilise en Vous la Blanche Vision.
Et je me suis épris de vos prunelles fortes,
J'y vois passer, des dieux, les splendides cohortes,
Et des Rêves dansant dans leur Illusion

J'ai nourri dans Vos Yeux l'impalpable Chimère !

Vous irréalisez les Formes à l'entour,
Tant vous éblouissez les Azurs et les Choses !
Le poids de vos regards a rendu mes yeux lourds
Désormais, je me mire en des Apothéoses.

J'ai saisi dans Vos Yeux l'impalpable Chimère !

J'irai vers les Soleils où s'abîment des Mers ;
Je les ferai sombrer dans l'Infini de l'Ombre
Et leurs pâles clartés gèleront les Hivers
Qui dorment, enfouis, dans les Temps et les Nombres

Car je porte en Mes Yeux, l'impalpable Chimère !

# CHANSON BLEUE

## Rêve pour mes Yeux

*Leurs Yeux se sont saisis d'un Rêve et l'ont fait vivre.*
ANDRÉ IBELS.

*En vain l'Azur triomphe et je l'entends qui chante.*
*Je suis hanté, l'Azur, l'Azur, l'Azur, l'Azur !*
STÉPHANE MALLARMÉ.

*Pour Stéphane Mallarmé.*

VANT de fuir l'Azur que j'ai peuplé de Rêves,
Je veux clore mes yeux dans les Obscurités ;
Afin de ne ravir aux malheureuses Grèves
Le peu de leur soleil, le peu de leur beauté,

J'immobiliserai dans ma prunelle morte
L'Espace et le Néant, scrutateurs de miroirs,
Et la Matière aura de moi, ce qu'elle emporte :
Tout — ces deux yeux ! — hormis qu'ils ne voudront pas voir.

Et j'aurai le regard vierge de tout Mirage,
Vierge du long tumulte et de tristes décors,
Pour venir abreuver, durant le Futur-Age,
Ces yeux, incitateurs d'Etoiles, d'Astres d'or !

J'exilerai ma Vie en d'ardentes Ténèbres
Où je veux conquérir la chaste Illusion ;
Et quand auront passé les Epoques funèbres
Je reviendrai, portant la Claire Vision.

J'aurai les Mots d'Azur que vaguent les Colombes
Et je serai pétri d'amour et de fierté ;
Lors — je ne connaîtrai plus la douleur des Tombes
Si je scelle en mes yeux l'ineffable Clarté :

Epouvante des Nuits et des Eternités.

# CHANSON NOIRE

## La Mine

*Les neuf Muses, seins nus, dansaient la Carmagnole.*
VICTOR HUGO.

*Les vaincus du Sort ont vomi leur fiel.*
*(Le Semeur)* ETIENNE DECREPT.

*Pour Lauglane.*

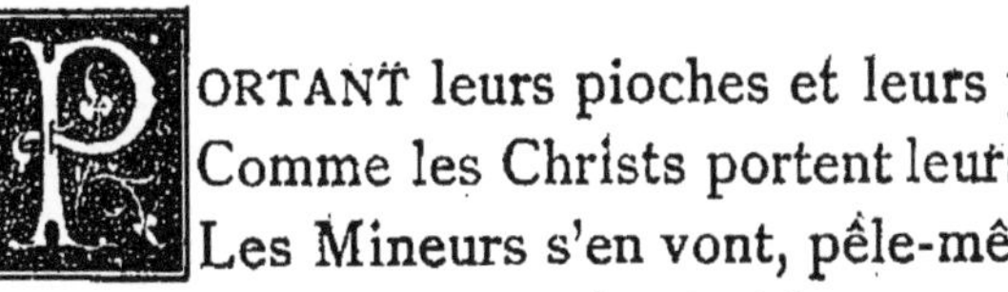

PORTANT leurs pioches et leurs pelles,
Comme les Christs portent leurs croix,
Les Mineurs s'en vont, pêle-mêle,
Par les chaleurs et par les froids ;
Et dès que le soleil se lève,
Ensanglantant les horizons,
Ils s'en vont achever le Rêve
Commencé là-bas... *aux Maisons.*

Serrés les uns contre les autres,
Ainsi qu'un troupeau de moutons,
Ils murmurent des patenôtres...
Ou dégorgent quelques jurons ;
Et dans le large Puits avide
Où la cage descend... descend...
Leurs yeux perdus sondent le vide
Que les lampes tachent de sang.

Les échines, déjà passives,
Se ploient sur les filons brillants
Sous l'ordre des voix agressives
Des maîtres et des surveillants ;
Et chacun d'eux prête l'oreille ;
Car, peut-être, dans un moment,
Le terrible grisou qui veille
Va rugir dans un craquement.

Et la pioche mord la muraille
— Qui se révolte quelquefois !
Les outils sont là qui la raillent
Et l'égratignent de leurs doigts...
Mais elle se venge la Houille !
Et, sous chaque coup, le mineur
Te peut voir jaillir de la fouille
Flot de Mort, louche engloutisseur.

Les cloches qui sonnent dans l'ombre
Leur donnant un peu de répit,
Leur rappellent plus d'un glas sombre,
Dont le souvenir est maudit.
Plus d'un est mort laissant la Veuve
Comme le firent les anciens.
Bah ! la Mine refait peau neuve...
Et ses enfants sont toujours siens.

Quand le vent s'engouffre en spirale
Sous les voûtes de cet enfer,
Toute chanson semble un long râle
Que scande l'orchestre de fer.
Mais, bien souvent, sous les coupoles
Qui dominent les noirs caveaux,
Retentissent des Carmagnoles

Qui, la Nuit, hantent les Cerveaux !

*(Juillet 1893 — Grève des Mineurs du Nord).*

# CHANSON GRISE

## La Chanson des Résignés

*Car vos frères — LES ROIS — ce sont les Révoltés.*
*(Les Cités futures)* ANDRÉ IBELS.

*Une étoile à la pointe altière de mon glaive.*
H. DE RÉGNIER.

*Vos paroles disent : la Prison, mais vos yeux disent : la Mort.*
STENDHAL.

*C'est une mystérieuse loi : Il est des Etres, qui, baignés de lumière, ne peuvent cesser de rester obscurs.*
VILLIERS DE L'ISLE ADAM.

*Pour l'Ami A. Lancel.*

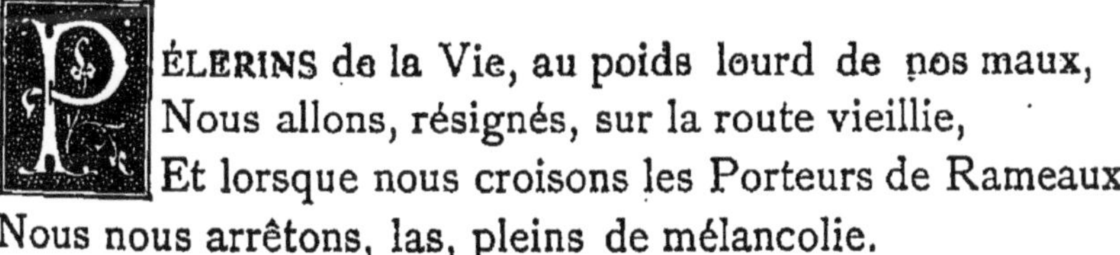

PÉLERINS de la Vie, au poids lourd de nos maux,
Nous allons, résignés, sur la route vieillie,
Et lorsque nous croisons les Porteurs de Rameaux
Nous nous arrêtons, las, pleins de mélancolie.

La Faux s'est promenée en nos cœurs desséchés,
Et nous ne croyons plus à l'Aube ensoleillée !
Nous portons le Vieux Monde avec tous ses péchés,
Rois aveugles d'Hier où gît l'Ame souillée.

Esclaves opprimés des Monarques très forts,
Nous avons à nos bras les chaînes détestables ;
Et nous ne savons pas oser le bon effort :
La Révolte qui fait tous les Rois indomptables.

Nous sommes le Passé qui s'éteindra Demain.
Nous portons tous les jougs des Humanités mortes :
Et vous venez à nous l'Aurore dans les mains,
Effeuillant des Clartés que notre Nuit emporte !

La Ténèbre absorba nos yeux nés de Soleil,
Et si nous en sortons : — nous errons, longtemps, ivres —
Puis, nous sommes trop vieux pour tenter un Réveil,
Notre Rêve est tombé pour avoir voulu vivre !

ROIS, anéantissez, nos essaims imparfaits ;
Nous grefferions le Mal sur la Plante vivace,
— Car nous sommes la CAUSE enfantant les EFFETS —
Et nous croyons le Monde affaibli... mais tenace.

# CHANSON JAUNE

## La Chanson de l'Or

*La soif de l'or, voilà le principe*
*des crimes et des malheurs.*
FLORIAN.

*Pour Jean Grave.*

E suis l'Or ! je suis l'Or ! parcelle de Soleil !
Un astre annihileur éclipsant tous les Astres ;
Les Vivants, pour mirer leurs yeux dans mon vermeil,
Appellent, sourdement, les Peines, les Désastres.

Ma couleur a le sang des milliards de Morts
Qui gisent écrasés dans le fond de mes Mines.
Les Vaincus des Cités, les Chercheurs de Trésors
Me prennent pour Etoile et, vers moi, s'acheminent.

Je monnaye les Cœurs bons, implacablement ;
Je suis le Trait d'Union des Choses et des Etres ;
Tout, de Tout, me revient irrévocablement ;
Je suis le Créateur des Esclaves, des Maîtres.

Sans Moi, le Rêve est fou, car les Espoirs sont vains ;
Et c'est avec respect que le Monde me porte.
Je suis sacré parmi les Prêtres, les Devins,
Et j'ai les plus grands Rois pour fastueuse escorte.

Les Causes, les Effets, ont leurs sources en moi.
Je tiens en mon pouvoir la Genèse des Vies,
Et j'ai souillé la Terre en la touchant du doigt
Pour la solution de toutes les Envies.

Mon Corps est plus puissant que l'acide qui mord :
Sous les lambeaux de chair, je corrode les âmes !
A mon souffle, l'Amour s'éveille — ou se rendort —
J'unis aveuglément les Hommes et les Femmes.

Les Crimes ont pour but mon accaparement ;
Je vais du Financier à l'Escarpe victime,
De la Grue au Ministre énigmatiquement,
Du plus bas de l'Echelle à la plus haute Cîme.

Je pare la Beauté, svelte en son nonchaloir,
De palmes et de lys et de fleurs luxueuses,
Et je prends l'Alouette au brillant du miroir.
Des Vierges au front blanc, Moi, l'Or, j'en fais des Gueuses !

Je hache, sans regret, dans la Forêt du Mal ;
Je suis le Bûcheron Maudit — et qui ricane —
J'étends sur les Humains mes griffes de métal ;
— J'ai violé la Norme et blasphémé l'Arcane !

Je jette le Courage au sein des Opprimés
Et j'étouffe leurs cris dans mes Concerts de joie ;
J'éloigne du Banquet les hordes d'Affamés,
Et ce sont mes Valets, dehors, qui les rudoient.

. . . . . . . . . . . . . . . . . . . . . . . . .

Malgré les Hosannahs que chantent mes Elus,
Un immense dégoût hante mes nuits d'orgies,
Et j'évoque les Temps des Affranchis-Jésus
Qui m'anéantiront — avec leurs mains rougies.

# CHANSON ROUGE

## La Chanson du Sang divin

*Christ, ô Christ, Eternel voleur des Energies !*
ARTHUR RIMBAUD.

*Pour Paul Adam.*

AR les Entrailles sacro-saintes
On M'a fait naître hors les cris
De douleur des Filles-enceintes ;
— Je suis le Sang de Jésus-Christ —

Mangez ma chair sacro-divine
O vous mes mauvais Favoris !
Buvez à la Plaie aux Epines !
— Je suis le Sang de Jésus-Christ —

Mon Etre est dans l'Eucharistie ;
Ma chair et mon sang sont pétris
Par le Mystère de l'Hostie !
— Je suis le Sang de Jésus-Christ —

J'ai semé les Erreurs premières
Sur le Monde ! et j'ai récolté
Ces Fruits des Plantes Mensongères :
L'Hypocrite ou le Révolté.

. . . . . . . . . . . . . . . . . . . . . . . . . . . . . . . . .

Et c'est sur la Croix que j'expie,
Mes torts envers l'Humanité ;
— Femmes, mettez de la charpie
Dans les trous des Divinités.

# CHANSONS VERTES

## I

## La Chanson de la Vague

*Que nous importe à nous la révolte des mers ?*
EMM. SIGNORET.

*Pour mon Père.*

Je suis la Vague folle, enfant des Mers lointaines ;
Je nais et je trépasse et je renais encor...
La Reine Océanne a la volonté hautaine
De redonner la vie après de courtes morts.

Je vais, houlant ma rage, et la laissant en traîne,
Blanche aux aubes d'argent, noire aux couchants d'airain ;
Et je crois à ma sœur, la lascive Sirène,
Que le Marin dit voir, dormante, arquant les reins.

Et nous allons, ainsi, des milliards de Vagues,
Dolentes et passives sous le fouet des Vents,
En poussant devant nous nos frais jardins : les Algues,
Dont les fleurs, dans la nuit, font peur en se mouvant.

Nous frôlons les Cités antiques et nouvelles,
Accrochant à la Grève un peu de nos velours ;
Et quand nous chavirons de blanches caravelles,
L'Ame verte des Mers se lamente aux Cieux lourds !

Nous roulons, nous roulons par essaims de cohortes,
En étreignant les flancs des splendides Vaisseaux,
Leur faisant, durant le Long Voyage, une escorte
Jusqu'au Bon Port ou jusqu'au plus profond des eaux.

Nous savons la Chanson que psalmodient aux Nues
La Tempête-siffleuse et l'Orage hurleur ;
Et nous répèterions à l'Epave inconnue,
Les angoisses, le râle et les vaines douleurs !

Nous roulons les Secrets des Fautes et des Crimes,
Nous portons les Martyrs, les Rois, les Conquérants...
— Si l'on interrogeait le Cœur de nos Abîmes,
On verrait le Cadavre et le Trésor errants —

L'Amante des Soleils est Notre Bonne Dame ;
Elle attend le Rôdeur, le Chevalier Sanglant,
Qui, mettant dans ses yeux une lueur de lames
Va rouler lourdement dans ses tréfonds troublants.

Et l'Astre qui s'incruste au fronton de l'Espace,
Se polit et s'épure en nos calmes miroirs ;
Et nous tendons nos doigts aux fins oiseaux qui passent,
Tournoyants, égarés, sous le manteau des Soirs.

...La Dame de la Mer, Semeuse d'Aubes fraîches,
Est une pécheresse, avide de pardons ;
Deux fois, en se traînant, chaque jour, elle lèche
La Grève impitoyable, en lui portant ses dons :

Et la Terre refuse à la Mer, ses pardons !

## II

# Chanson d'Espoir en l'Apôtre futur

*Et pour que votre Voix ait le parfum des Roses*
*Les Amants tisseront la Parole enjôleuse.*

ANDRÉ IBELS.

*Pour Stuart Merrill.*

*Puisqu'au Vent de Légende embouchant votre trompe :*
*Vos deux lèvres d'Azur ont cueilli la Beauté,*
*Que fastueusement vos Héros, dans les pompes,*
*Ont franchi, tous les seuils d'immortelles Cités :*

*Je crierai votre Nom dans l'ardente mêlée,*
*Afin de susciter les Exemples meilleurs !*
*Et — joyeuse fanfare — en les lointains Ailleurs.*
*Je vois des Jérichos les murailles croulées !...*

*(Vers d'airain)* ANDRÉ IBELS.

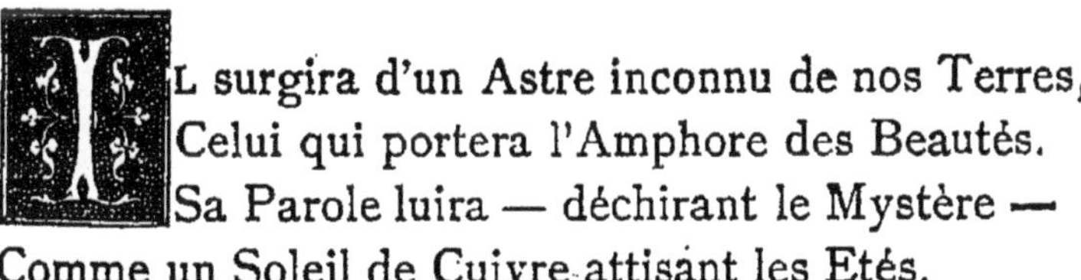

Il surgira d'un Astre inconnu de nos Terres,
Celui qui portera l'Amphore des Beautés.
Sa Parole luira — déchirant le Mystère —
Comme un Soleil de Cuivre attisant les Etés.

Son geste harmonieux esquissera des Mondes,
Il tuera dans ses Yeux le reflet des Passés ;
— Rien ne rappellera plus les Cités immondes
Mourant, dans des convulsions d'oiseaux blessés.

Sa Voix qui sèmera les Orients splendides,
En illuminera les Chemins tentateurs ;
Les Cygnes au col noir l'acclameront pour guide,
Et le protègeront du Flot blasphémateur.

Et le lys en sa main remplacera le Glaive,
Tous les Cœurs palpitants, heureux, s'inclineront,
Car il aura la Palme où s'incruste le Rêve,
Mise, splendidement sur son glorieux front.

Les Enfants étonnés le nommeront leur Père ;
Les Fleurs s'inclineront devant un Créateur ;
Les Vierges essuieront ses pieds — comme naguère ;
De l'Humanité Blanche il sera le Pasteur.

Fleur ardente des Soirs, lumineuse d'Aurore,
Il surgira — Soleil — des fastueuses Nuits ;
Et les Rois sonneront les Trompettes sonores,
Et diront simplement aux Elus : « *c'était Lui !* »

# VERS D'AIRAIN

Pour D. R.

*Vous, que retient au seuil des Cités affranchies,*
*Le Préjugé, faucheur de nos floraisons libres :*
*Je ferai sourdre en vous de vierges Anarchies,*
*Qui, comme des Hèraults, dans les Orients vibrent !..*

*Je veux que leurs Soleils s'écrasent en Vos Yeux,*
*Et que resplendissant de Lumière et d'Amour,*
*Vous marchiez en sonnant la gloire des Adieux*
*Aux vieux Mondes pervers, aveugles de secours.*

*Je vous cuirasserai de la Métamorphose,*
*Afin que vous domptiez les Genèses menteuses ;*
*Et pour que Votre Voix ait le parfum des roses,*
*Les Amants tisseront la Parole enjôleuse.*

*Et vous aurez le geste amoureux du Désastre,*
*Pour sauver du Néant les Terres affranchies.*
*Car, vous aurez au poing des Glaives gemmés d'astres*
*Pour entrer — triomphant — dans la blanche Anarchie.*

# VERS D'AIRAIN

Pour Sébastien Faure.

*Puisque Ton Cœur s'avive aux Firmaments prochains,*
*Puisque tu ris au Soir qu'emmitouflent les Ombres,*
*Et qu'un ardent mépris te fait saigner les mains :*
*Je t'auréolerai de Verbes et de Nombres.*

*Que Ta Voix, dans la foule, où la Bêtise est dieu,*
*Vibre, hautainement jusqu'aux Arches des Mages ;*
*Les Elus garderont ton souvenir pieux,*
*La beauté de ton Rhythme attestera l'IMAGE.*

# VERS D'AIRAIN

Pour Adolphe Retté.

*Dédaigneux de la Palme où rayonnait ta gloire :*
*Tu quittas les Azurs où germent les Chansons*
*Et vins rensemencer dans les Froides Mémoires*
*Nos Libres Floraisons.*

*Héroïque Glaneur des Vérités brutales,*
*Frère — en l'Intelligence et dans la même Foi —*
*Nous irons en jetant la Clarté triomphale*
*Dans les Cœurs d'Autrefois.*

*Ton Geste aura l'ampleur des Semeurs de l'Idée,*
*Viens ! nous récolterons la Révolte en chemin ;*
*Et si — comme les Christ — nous prêchons en Judée :*
*Nous mourrons pour DEMAIN !*

# TABLE

Annonay. — Imp. J. Royer.

L'Imprimeur
Royer

www.ingramcontent.com/pod-product-compliance
Ingram Content Group UK Ltd.
Pitfield, Milton Keynes, MK11 3LW, UK
UKHW020411220726
13923UKWH00004B/1886